달빛 속에 피는 꽃

달빛 속에 피는 꽃

초판 1쇄 발행 2023년 3월 1일

지 은 이   박무성
발 행 인   권선복
편   집   권보송
전 자 책   서보미
발 행 처   도서출판 행복에너지
출판등록   제315-2011-000035호
주   소   (157-010) 서울특별시 강서구 화곡로 232
전   화   0505-613-6133
팩   스   0303-0799-1560
홈페이지   www.happybook.or.kr
이 메 일   ksbdata@daum.net

값 15,000원
ISBN 979-11-92486-56-7 03810

Copyright ⓒ 박무성, 2023

도서출판 행복에너지는 독자 여러분의 아이디어와 원고 투고를 기다립니다. 책으로
만들기를 원하는 콘텐츠가 있으신 분은 이메일이나 홈페이지를 통해 간단한 기획서와
기획의도, 연락처 등을 보내주십시오. 행복에너지의 문은 언제나 활짝 열려 있습니다.

달빛 속에 피는 꽃

박무성 시집

도서
출판 행복에너지

시 인 의 말

사랑은 당연히 기쁨으로 옵니다
나의 사랑은 모두
그대의 것으로 고귀합니다
그대 있으므로 소중한 행복 누립니다
나는 단지
깊은 정성으로 수놓은
따뜻한 이불이 되어 드리려는 것입니다
아름다운 삶의 꽃 피워 드리려는 것입니다
화사한 날의 푸르름처럼
오가는 날들의 빈자리에
행복으로 가득 채워 드리려는 것뿐입니다
사랑은 당연히 기쁨으로 옵니다
늘 그대와 함께 옵니다

2023. 1월

박 무 성

목차

제1부

웃는 네가 좋더라

제2부

그런 거래요

제4부

별
하
나
의
사
랑

제1부

웃는 네가 좋더라

봄날의 환희

산바람 소리
강 물결 소리
풋내 시리듯 나긋이 오네

볕뉘라도 쪼이는 날
여린 꽃잎 발그레
제빛으로 웃겠네

실비라도 스치는 날
야윈 풀잎 싱그레
제 꿈으로 일겠네

온 세상 어우렁더우렁
푸르러 춤추겠네
우리 그러하겠네

행복으로 가는 길

행복의 꽃은 언제나
열린 마음에서 피어난다네

그대여 슬퍼 말아요
한때의 시련은 누구에게나 있는 것
낙엽이 진다 한들
신록의 꿈 잊었으랴

얼굴은 미소에 살고
마음은 늘 사랑에 사네
그대여 이제는 행복으로 가는 길
그대 발길 위에 쏟아져 내리는 기쁨들

싱그러운 웃음꽃 그대 얼굴에 피네
아름다운 행복의 꽃 그대 가슴에 피네

봄 나그네

달아오른 봄볕에
후끈 감도는 바람
얼어붙은 보리밭에 연초록 물결이 이네
실개천 버들가지 푸르러 휘청거리네

산굽이 돌아오는 봄
어여쁜 꽃 되어 저기로 오네
바다 건너오는 봄
싱그런 나무 되어 저기로 오네

너는 무엇으로 춤추리오
너는 또 무엇으로 웃음 주리오
푸릇한 봄의 천사 눈부시게 나리네
나긋한 봄 나그네 날리듯 안기네

아, 우리 엄마 빈 바구니에
봄빛 가득 차겠네

낙엽의 속삭임

번들거리는 초록빛 너울
뉘라서 춤추리오

곱디고운 단풍의 물결
뉘라서 탓하리오

훌훌!
낭만 없는 낙엽의 행렬
짜르르!
윤기 없는 방황의 소리

세월 속에 있는 꿈
기다리고 있노라고

산수유

네게서 오는 봄은 노랗다

금빛 별들의 무리 사뿐히 내린 듯
샛노란 너의 꽃
몽실몽실
봄볕 아래 여유롭다

설익은 녹음 사이로
단박에 두 눈 홀리는 너의 꽃
이다지 노랗게 익은 봄 사랑
어디서 불러왔더냐

빨갛게 익은 네 영혼은
또 어쩌자고
설한에 비켜 앉아
떠난 봄을 부르느냐

들꽃 너에게

아름다운 꽃으로 피어 있거라
향기로운 영혼으로 거기 있거라

너는 비천한 꽃 아니다
너는 외면당한 꽃 아니다

당당한 너로서 존재할 뿐 슬퍼할 이유 없다
서릿발 딛고서라도 꿋꿋이 피어 있거라

별빛처럼 빛나는 너의 꽃
만날수록 반가운 너의 꽃 되거라

짙은 너만의 향기로
기쁨의 꽃이 되어 있거라

우리 언제 다시
웃음으로 만나는 날 기다리거라

웃는 네가 좋더라

너는 언제나
웃으니 좋더라
따라서 웃게 되더라고

미소 띤 네 얼굴이
참 아름답더라
늘 보고 싶어지더라고

웃으며 사는 네가
참 즐거워 보이더라
따라서 행복해지더라고

내 마음의 꽃

내 먼저 내 얼굴에
웃음의 꽃을 피웠어요

내 먼저 내 가슴에
기쁨의 꽃을 피웠어요

어둠의 그림자 그냥 둘 수 없어서,
가만히 있으면 그 누가
내 사랑의 꽃 피워 주나요?

찌푸렸던 얼굴에도
메말랐던 가슴에도
행복의 꽃 활짝 피어났어요
이제는
나도 몰래 웃음이 나요

큰 바위

말이 없구려
변함이 없구려
기다릴 줄 아는구려

근엄한 듯 조용한 배려
묵직한 듯 세심한 아량
나의 것으로 채우고 싶구려

그대는 늘 하늘 아래 묵묵히
그대로 계시는구려

변해야 살 수 있다고
앞서가야 얻을 수 있다고

작은 삶의 세계에 갇혀
그대 향한
내 마음의 사립문 열지 못했네

설중매

설한에 잠든 대지 깨기도 전에
고결하게 피어난
지조 높은 꽃이시여

순결한 꽃 빛 너울 혼절할 듯 아름아름
우아한 그대의 맵시
홀로 고와 황홀하여라

맑은 그대의 향기 뜰 안 가득 차고 나니
멀리서 주저하는 봄
서둘러서 오겠네

다시 여기에

시름겨운 산과 들에
푸르른 날 다시 여기에

색동옷 차려입고 꽃당혜 신고
어여쁜 봄둥이 사붓사붓 오시리야
노란 햇살에 익어 가는 신록
반질반질 빛 나리야

적막한 들녘에 봄 사랑 가득 차겠네
개울가 버들개지 실눈 살짝 뜨겠네
풋풋한 젊음으로 다시 여기에
그리던 꿈의 날 다시 여기에

이제는, 이제는
눈꽃처럼 가지 말라고

낙엽을 보며

늦가을의 골짜기는 낙엽의 천지더라
푸르던 날들의 추억
그리움으로 쌓여 있더라

헐벗은 가지에
달랑 매달린 나뭇잎 하나
바람 앞에 등불 되어
옛 그리움 비추고 있더라

이별은 서럽게 오는 게 아니더라
그리움으로 가는 것이더라
꽃잎에 내린 이슬마저도 낙엽이더라

어느 님의 이별도 그러하더라
눈물 대신 그리움 두고 떠나가더라

고향

모두가 떠났어도
정든 마음
언제나
거기에 있어

계절이 바뀔 때마다
젊음으로 오는 산천

꽃피고
새 울면은
또
그리워하겠네

노을길

스쳐 가는 바람에
흰 구름 도도히 흘러가더이다

초록의 날들은 아직 그대로인데
세월 홀로 유유히 떠나가더이다

오늘 밤 저 달빛 철 지난 아픔 녹이듯
쌓이고 쌓인 그리움들 낱낱이 들추며
눈이 부시게
눈이 시리게
사랑으로 부서지더이다

마른 가지에 돋아나는
푸른 꿈들의 미소
어느새 석양의 꽃으로 피어
나그네 방랑 길 아픔으로 물들더이다
흘러가는 세월 모두 그리움이더이다

먼 듯
가까운 듯
돌고 돌아 제 자리길
거기에 못다 한 사랑 있더이다

아쉬움에 젖은
먼 그리움
서성이고 있더이다

촛불

제 몸 불사르며 눈물 고이 굴러
어둠을 도려내는 그대의 모습 보았네

그대의 작은 불꽃은 하나의 빛이 아니라
어두운 마음을 밝히는 희망의 불꽃이었네

그대의 향기마저도 성스러운 고백이 되어
눈물로 태어난 삶의 이치 깨닫게 하였네

정감 어린 그대의 존재 잊고 살았네
그 여린 빛의 환희 꿈꾸지 못했네

호젓한 분위기에 낯선 낭만 사이로
먼 그리움의 날들이 새로이 밝아 오네

기다림

푸른 옷 다 벗고
맨발로 서 있어도
산은 산이 아닌 적 없다

넘치던 강물
바싹 말라 있어도
강은 강이 아닌 적 없다

조급해하지 않는다
실망하지도 않는다

높은 데로 눈을 두면
늘 푸른 산이 되고

낮은 데로 마음을 두면
늘 푸른 강 되는 것을

말 말 말

그대에게 하고픈 말이 있어요

세상에서 가장 아름다운 말
사랑해요!
달콤한 그 말 하고 살아요

세상에서 가장 빛나는 말
감사합니다!
겸손한 그 말 하고 살아요

세상에서 가장 따스한 말
고맙습니다!
정다운 그 말 하고 살아요

네게 듣고 싶은 말
내가 하고 싶은 말
우리 서로 행복의 말 하고 살아요

저 바람

꽃잎 스쳐 가는 바람
꽃향기 그윽한 꽃바람 되었다
솔밭 스쳐 가는 바람
솔 향기 은은한 솔바람 되었다

들꽃 외로운 날에도
달빛 서러운 밤에도
기다림 없이 오가는 바람
이유도 없이 불어대는 저 바람

나를 스쳐 자유로이
저 멀리 떠나는 바람
나는 어떤 향기로
그대 그리워하는 바람 되려나

꿈으로 사는 그대에게

그대의 꿈은
언제나 별처럼 빛나지만
그대의 맘은
늘 들꽃 향기에 젖어 사네

보란 듯이 흘러가는 저 강물
거들떠보지도 않고
오아시스 없는 사막을
누비고 다니는 그대여

쏟아지는 햇살에 절로 돋는 푸르름 보며
그대만의 고운 꿈 키우려 하네
삶의 뒷골목에 떠도는 욕망 저 멀리에서
그대만의 예쁜 꽃 피우려 하네

바람에 휘는 달빛의 삶이어도
해맑은 그 빛이 좋아 달빛으로 사네

이름 없는 들꽃의 삶이어도
은은한 그 향기가 좋아 들꽃으로 사네

달빛 그대에게 편지를 씁니다
불어오는 저 바람 두려워하지 말라고
들꽃 그대에게 편지를 씁니다
외로움에 피는 달콤한 향기 잊지 말라고

꿈으로 사는 그대 아름답구려
그대만의 삶의 꽃 눈부시구려

물길

머물 곳 없네
쉴 곳이 없네
누구에게 물어봐도 대답이 없네
지나온 길 되돌아갈 수가 없어
산굽이 돌아 저 먼 길
흘러 흘러서 왔네

여기도 아니라네
저기도 아니라네
흘러갈 길 물어봐도 아무도 몰라
빈 보따리 하나 짊어지고
황혼길 저만치 두고
돌아 돌아서 가네

대나무

비운 속 메우려나 마디마디 매듭짓고
빳빳한 잎 갸름갸름 예리한 듯 예사롭네
어찌하여 그대는
오롯이 하나의 빛
초록으로 기우느뇨
가히 그 절개 으뜸이로세

하룻밤이 무색하게 훌쩍 곧게 치솟아
댓바람에 하늘 가득 너울 파도 출렁이네
어찌하여 그대는
오로지 하나의 꿈
초록으로 머무느뇨
가히 그 기상 제일이로세

아름다운 인생

하늘 같은 그대 사랑으로
기쁨의 꽃을 피우네
행복의 열매 맺게 하네

순결한 그 사랑 너무나 고귀해서
크고 작음 없이
주는 것만으로 충분하네

사랑을 위하여
사랑으로 사는 사람
그대 진정 아름다운 인생

바다 같은 그대 사랑에
기쁨의 물결이 이네
메마른 가슴에도 행복 넘쳐나겠네

회생

앙상한 가지에도 꽃은 핍니다
고귀한 생명의 꽃 핍니다

눈물의 강 건너에도 꽃은 핍니다
싱그런 희망의 꽃 핍니다

기다리는 마음 한결같아서
아름다운 그 모습 잊을 수가 없어서
절망 속에서도 사랑의 꽃은 피고
아픔 속에서도 정열의 꽃은 피어납니다

탐스러운 그대의 꽃 피었습니다
사랑스러운 그대의 향기 기쁨으로 날립니다
너무나 고마워서 눈물이 납니다
그리도 기다리던 그대 앞에서
이제는
반가운 웃음의 꽃 피어봅니다

할미꽃

오지 않을래? 보고 싶은데
웃지 않을래? 쳐다 봐줄게

한눈팔 수 없어서 내려다보는 거야
가슴이 뜨거워서 고개 숙이는 거야

오래오래 그리다가 할미꽃 되어 왔지
어서 오라고 쳐다보고 웃어 줄게

어디 한 번 만져 봐
기다림에 익은 내 얼굴

훨훨! 붉은 그리움
주르르! 빨간 꽃물

제2부

그런 거래요

겨울나무

낙엽 지는 자리에
풋내나는 그리움 있네
철 지난 사랑도 있네

찬바람에 속삭이는 빈 가지의 고백
초록의 날은
다시 돌아올 거라고

눈보라 속에 웅크린 채
지쳐 잠을 자네
파란 꿈을 꾸네

싱그런 그날이 오면
풋풋한 사랑으로
우리 다시 만나자고

밖에서 오는 기쁨

마음 밖에서 오는 기쁨도 있습니다

마른 바람 윙윙대는 삭막한 겨울 풍경에
즐거움은
그 어디에도 찾을 수가 없습니다
마음속 어디엔가 남아 있을 것 같아
가슴 헤집고 들어가려는 순간
창밖에는
흰 눈이 펑펑 쏟아집니다
메말랐던 빈 가슴에
하얀 즐거움 수북이 쌓입니다
밖에서 오는 기쁨이
그리운 사랑 슬며시 안고 옵니다

기쁨은
내 마음 밖에서도 오나 봅니다

동반자

우리 사는 곳에 길 있다네
삶의 그림자 숨어 있는
그 길 걸어가노라면
꽃이 되는 사람이 있어
꿈이 되는 사람이 있어

우린 모두 길 위에 선 사람들
가시밭길 마다치 않고 같이 걸어갈
고마운 사람 있어 외롭지 않네
그리워 기다리며 손잡고 걸어갈
다정한 사람 있어 슬프지 않다네

오, 사랑스러운 동반자여
그대 늘 내 맘에 있어
그대 늘 내 곁에 있어
우리 행복하다네

긴 밤

백발 성성한 아내의 모습 애처롭다
자다 말고 일어나
다리가 저리다고
손마디가 아프다고 호소하는 아내
다리와 손 주무르는 사이
어느새 곤히 잠든 아내
그 얼굴 애처로이 내려다보고 있노라니
대못 박는 듯 가슴 아리다
어려운 일 있을 때마다
웃음으로 넘기던 사람
이제는
세월의 문턱 넘나들기 힘겨운 모양이다
오늘따라
짙은 어둠 사이로 가로등 불빛 외롭다
긴 밤 될 것 같다

가슴이 하는 말

일찍 말했어야 했다
예전부터 그 말을 하며 살았어야 했다

가슴에 있는 말 내뱉지 못하고
머리에 듬성듬성 흰 눈 내린 뒤에야

날이 갈수록 예뻐져요
우아한 자태 매력 넘쳐요
고마워요, 나 당신 사랑합니다

그래요, 감사해요
나도 당신 사랑합니다
아름다운 별 하나 가슴으로 툭!

내 입으로 사랑의 별 땄다
행복으로 익어 가는 가슴 뜨겁다

달빛 마을

바람도 구름도 쉬어 가는
아늑한 달빛 마을 있다네

빠끔히 열린 밤하늘 사이로
은은한 달빛 고요히 내린다네

올올이 하얀 순정으로
줄줄이 고운 낭만으로
휘황한 달빛 훤히 쏟아진다네

급할 것도
서두를 것도 없는
거기에는
진솔한 사람의 꽃 아름답다네
순박한 사람의 향기 달콤하다네

포근하고 온화한
달빛 아래 평화로운
못 잊어 그리운 그곳에
달빛 마을 있다네

금빛 바람몰이에 지친 나그네
휘영청 달빛 맞으러 간다네

황금물결 거슬러 올라
아늑한 달빛 마을로 간다네

마음보기

거울 속에 비친 내 얼굴
하루에도 몇 번은 들여다보며 살고 있다
얼굴은 마음의 거울이라는데
마음 모습 고스란히 드러나는 거라는데
정작 내 마음
자주 들여다보지 못했다

굵은 빗소리와 커피 한 잔 나누며
찬찬히 내 마음 들여다보았다
부려만 먹었으니 복잡하게 얽혀 있다
참 미안하다고
수고 많이 했다고
앞으로는 사랑하며 살겠노라고
빙그레 웃는다
얼굴은 마음의 거울 맞다

유리창

참새 한 마리
유리창에 부딪혀
기절해 있는 걸 보았다
너무나 투명해서
하늘인 줄 알았나 보다

나는 여태껏
내 마음의 창 제대로 닦지 않은 채
얄팍한 의욕만으로
바깥세상 내다보며 살았다
그럴 바에야
아예 비워 둘까?
기절하는 일 없게?

마른 눈물

눈물은 슬픔 속에 고여 있다가
정녕 슬플 때 쏟아져 내린다는데
한겨울로 사시던 어머니 떠나시던 날
찬 바람 부는 가지에 앉아
눈물 없이 울어대는
새 한 마리 보았네

눈물 없이 살라시던 당신 말씀에
마른 눈물로 또 그렇게 울어야 했네
이제야 그 마음 알 것 같은데
아무나 따라 할 수 없는
당신만의 사랑 길
오롯이 나의 길 되어 저만치 오네

너럭바위

너럭바위의 깊은 속 알 수가 없다
평생을 살아도 모를 것이다
죽어서도 아마 그럴 것이다
너른 등에 올라앉아 편히 쉴 수 있었는데
언제라도 그곳에서
기다리고 있을 줄 알았는데
강가에 살던 너럭바위 산속으로 떠나던 날
쉴 곳 없는 물새 한 마리 허둥대다가
산새들 빈 둥지에
슬픔의 알을 낳고 떠나갔다
죽어서도 산 듯이
살아서도 죽은 듯이
푸릇한 이끼 옷 입고 홀로 젊던 너럭바위
아직도 버젓이 강가에 앉은 듯 삼삼하다
물새 한 마리 돌아오겠네
그리움의 알을 품고 영원히 살아가겠네
너럭바위의 깊은 속 알지 못한 채

별꽃 그 사람

낙엽보다 더
슬픈 날 있네

바다보다 더
출렁이는 날 있네

별꽃이 된 그 사람
추억 속으로 떠나시네

사뿐사뿐
멀어져 가네

나붓나붓
사라져 가네

이별 뒤의 사랑이
이다지 깊게 올 주리야

떠난 뒤의 그리움이
이다지 무겁게 올 주리야

눈물보다 더 아픈 웃음
터져 나올 주리야

홀로인 사랑에
쌓이는 것은
그리움뿐이더라

곁에 있을 때
그리워하는 것이
사랑이더라

찔레꽃 연가

너는 개울가에 피는 장미꽃이다
너는 강언덕에 피는 물망초 꽃이다

오는 봄마다
하얀 얼굴의 너를 맞는다
그럴 때마다 너는
가시 손으로 나의 심장 찌르며
너의 꽃 되라 했다
나는 너의 얼굴 비비며 어머니라고 불렀다
너를 무척이나 좋아하시던
그 여인을 기억하느냐

은은한 너의 향기로 온몸을 씻고
하얗게 미소 짓던
그 여인을 보았느냐
나는 아직도
그 봄날에 살고 죽는다

한숨으로 그리움 삭히시던
그 여인의 슬픈 사랑 잊을 수 없다
누가 그 여인의
하얀 기다림에 피는
하얀 눈물을 보았더냐

오는 봄마다
너의 꽃으로 피는 장미꽃
나의 꿈으로 피는 물망초 꽃
또다시
너의 가시로 나의 심장 찌르며
너의 꽃으로 피어나 그 여인 맞으리라

영원히 그 여인의 얼굴로
너의 꽃 피게 하리라

독백

우리 모두 아름다운
사랑의 삶 됐으면 좋겠네

삶의 순간이 행복으로 채워질지라도
그 행복 바람 같아서
삶의 여정이 시련으로 흔들릴지라도
그 시련 강물 같아서

봄이 오면 어김없이
메마른 가지에 새싹이 돋아나듯
그대 지금 고난의 길 걷는다 해도
그것은 결코 헛된 삶이 아니라
조금씩 조금씩
푸르러 익어 가는 소중한 꿈들이기에

밤새 소리 없이 내린 눈
눈 떠보니 새하얀 환희의 천지

기다림의 창가에 살며시 앉은
또 하나의 그리움

나의 작은 마음으로
그 누구를
기꺼이 용서하고 배려하여
그대 진정 행복했으면 좋겠네
그리하여
우리 모두 아름다운
사랑의 삶 됐으면 좋겠네

사노라면

삶은 늘 수고롭지만
시련의 끝은 언제나 빛나는 것

해돋이에 어둠 들까?
해넘이에 밝음 들까?
내가 빚은 그릇 속에
내 아닌 것 담겼으랴

사노라면
가끔은 기쁨을 잊기도 하지
때로는 아픔에 떨기도 하지
힘겨운 날 지나고 나면 행복의 날 찾아오지

이제는 돌아서서 웃어도 좋으리
이제는 당신을 사랑해도 좋으리
아, 흘러가는 저 세월
꽃처럼 웃고 가네

밤 버들

툭!
툭!
어둠 내린 창가에 선잠 깨우는 소리
행여나 님일까 빈 가슴 설레는데
휘영청 달빛에 밤 버들의 탄식 소리

늘어진 사랑 어찌하라고
날리는 그리움 어찌하라고
휘청휘청 취한 듯 하소연하네
오늘 밤의 외로움 내 것인 줄 알았는데
이 어둠 깨고 나면 사랑으로 만나자고

어쩌랴 그 마음 달랠 수밖에
어쩌랴 내 마음 달랠 수밖에

꽃 사람

밝은 네 모습이 좋아요
맑은 네 향기가 좋아요
그런 네가 좋아요
네가 있어 늘 행복해요

볼 때마다 기쁨 되고
스칠 때마다 그리움 되는
너를 만나 반가워요
절로 웃음이 나요

즐거운 인생이라고
아름다운 세상이라고
뜨겁게 반겨주는
그런 네가 참 고마워요

언제라도 사랑이 되는
네가 있어 참 행복해요

그런 거래요

밤비가 내리네요
바람 불어오네요
그대의 향기 밀려오네요
그대의 속삭임 싣고 오네요

꽃잎이 진다고 너무 슬퍼 말아요
그대의 고운 사랑 여기 또 있잖아요

기다림 속에서도 행복해지고
외로움 속에서도 웃음이 나는
그 못난 그리움을 그대는 아시나요?
그대 생각만으로도 그렇다니까요?

사랑은 그런 거래요
그래서 아름다운 거래요

주인

내 마음엔 타인으로 가득 차 있다

다른 사람의 마음으로
다른 사람의 행동을 하며
내가 아닌 타인으로 살아갈 때가 많다
잠시나마
내가 나의 주인이길 바라지만
번번이 내 마음은 타인에게로 가 있다
고작 빈 몸 하나
내 것으로 두지 못하고
타인의 마음이 되어 오늘을 살고 있다

바람이 힘겹게
구름 싣고 나르고 나면
구름 두둥실 흘러간다고 말하듯이
그들은 내가
내 마음의 주인이 아니라

내 모습을 한 타인이 되어
그들의 뜻대로
따라 주기를 바라고 있다
나도 그럴 때 있다
그 사람의 마음 넌지시 내 것이 되기를

어느 날 내 마음 아파보니
이 몸의 주인이
타인이 아니란 걸

낯선 이름

내 이름 세 글자
불러주는 소리 들어 본 적 오래다

아버지, 여보 라고
부르는 소리는 귀에 익지만
간혹 식당에라도 가면 사장님이 되고
사람들 모인 자리에 가면 선생님이 되고
아내와 함께 시장에 가면 또 신랑이 되고
듣기에는 좋지만 어쩐지 어색한 소리

남들이 불러주는 호칭은 많지만
정작 내 이름 부르는 소리 낯설다

아버지 날 낳으시고
좋은 이름 지어 주셨는데
이제는 그 이름도 늙어 가는 모양이다

주름진 얼굴에
눈까지 허옇게 내렸으니
내 이름 세 글자도
흘러간 강물이 되었나 보다

아버지! 여보!
이 소리만이라도 자주자주 불러주오

아버지 여기 있다
여보 나 여기 있소

황혼 길

돌아보면 행복하지 않은 날 없네
오는 날도 가는 길도 그랬으면 좋겠네

어느 길이 꽃길인지 알 수가 없어
널려있는 행복의 길 돌아서 왔네

이제는 사랑의 돛 높이 올리고
행복의 노를 저어 황혼의 길 떠나가세

슬픔의 암초 비켜 가자
기쁨의 바다 천천히 가자

푸른 파도에 갈매기 소리 저리도 흥겨운데
파란 하늘에 떠도는 구름 저리도 한가로운데

사랑과 그리움일랑 밀물에 맡겨두고
황혼의 노를 저어 두둥실 떠나가세

달빛에 앉아

달빛 휘황한 밤이 오면
달빛 시인이 된다네

달빛 광야에 피어나는
희뿌연 안개꽃 사이사이
빨간 장미꽃 한 송이 그려 놓고
너털웃음 짓는다네

달빛 그늘에 숨어 우는
잎새들의 아픔 토닥이며
들릴 듯한 속삭임 따라
휘영청 달빛 세상 누빈다네

먼 그리움의 씨 뿌리며
달콤한 내일의 사랑 낳으려 하네

응어리

발끝에 걷어차이는
그 흔한 돌멩이가 아닙니다

걱정과 근심으로 마음 졸일 때마다
단단해지는 불행 덩어리
눈물과 한숨으로 가슴 아파할 때마다
굳어져 가는 마음의 응어리
당신 스스로가 아니면
누구도 해결할 수 없는 골칫덩이
훌훌 털어버려야 해요
웃음으로 녹여야 해요
쉽지는 않겠지만
기꺼이 날려버려야 해요

곱게 피는 꽃들 모두 아픔의 꽃들이지요
상처 없이 아름답게 핀 꽃 어디 있나요?

그루터기

허여니 마른 뿌리 힘줄 솟은 듯 드러내고
실뿌리 몇 가닥으로 땅거죽 겨우 디딘 채
산마루에 웅크리고 앉은
그루터기 나무 의자
마음 놓고 걸터앉아 쉬어 갈 수가 없네
그 누구의 여윈 모습 거기에 있어
애잔히도 굽은 등 생각이 나서

오늘따라 산새들 분주히 날고
수풀 새로 내민 하늘 저리 푸르네
이다음엔
나의 그루터기 나무 의자에
꽃처럼 나비처럼 앉아
솔솔 솔바람 쐬며
편히들 쉬었다 가시구려

바윗돌

산꼭대기 바윗돌
아슬아슬 덩그러니
높이 앉은 그대 자리
내 어찌 불안하오

바위너설이라면 그 절경에
감탄이라도 하였을 텐데
흙 딛고 섰더라면 그 위풍에
감격이라도 하였을 텐데
우러러보기에는
어찌 마음 열 수가 없소

또 다른 바위 깔고 앉아
무슨 생각 그리하오
하늘이라도
따시려 하오?

제3부

아
름
다
운

삶
을

위
하
여

그리움

곱게 핀 코스모스
홀로 남아 피는 꽃

맑은 가을날
하늘하늘
나부끼는 그리움

기다림으로 피는 꽃
너였으면 좋겠네

눈사람

한겨울에 만나요
동심으로 오는 사람

겉과 속이 하얀
겨울을 좋아하는 그 사람

웃으며 다가서면 따라서 웃고
시큰둥 쳐다보면 맹하니 쳐다보고
보는 이 마음대로
생각대로 보이는 사람
어쩌면 당신의 모습 그럴 거라고

상냥스레 말 건네면 빙그레하고
퉁명스레 인사하면 시무룩하고
만나는 이 기분대로
느낌대로 따르는 사람
어쩌면 당신의 감정 그럴 거라고

한겨울에 만나요
동심으로 오는 사람
겉과 속이 하얀
겨울을 좋아하는 그 사람
내년에 또 만나요

행복한 사람

행복한 사람 여기 또 있습니다

꽃도 아닌 나를 보고
아름답다고 말해주는
당신이 있어 행복합니다

천사도 아닌 나를 보고
마음씨 곱다고 말해주는
당신이 있어 행복합니다

갈바람에 나뒹구는 낙엽을 보며
거울 속에 비친
주름진 내 얼굴 들여다보며
부질없이 보낸 세월 아니었다고
소중하고 보람된 날들이었다고
내 마음 위로하며 한바탕 크게 웃었더니
또 행복해집니다

빛나는 삶은 아니어도
보이는 것 모두가
행복이니 어찌합니까

겉으로 맴도는 기쁨도 행복이지만
가슴으로 오는 것이 더 달콤합니다
멀리멀리
훨훨
그 행복 홀씨 되어
널리 퍼져 갔으면

유리그릇

나는 빈 유리그릇이다
담아낼 게 마땅치 않다
언젠가 당신이 내게 말했다
속이 훤히 들여다보이는 그릇이라
무엇을 담아내도 멋스러울 거라고,
겉으로는 고급스럽고 그럴싸해 보이지만
함부로 쓸 수 없는 별난 그릇이다

부모님의 그릇은 투박해 보이지만
자애로움 가득 담긴
너그럽고 소박한 질그릇이다
나의 그릇은
작은 상처에도 쉬이 깨져버리는
조금만 뜨겁거나 차가워도 터져버리는
자존심 강하고 성질 급한 그릇이다
꽃 한 송이 꽂아두면 어울릴만한
가슴 얄팍한 빈 유리그릇이다

세상을 품을 수 있는
우주의 그릇이 되고 싶다
누가 내 유리그릇 산산이 부셔 주오
깨어짐으로 사는 것이
큰 그릇 되는 길이라면

어느 성인의 마음처럼
무엇이든 넉넉히 담을 수 있는
참으로 넓고 아름다운
도량의 그릇 되고 싶다
그런 그릇 갖고 싶다

걱정거리

불안한 생각 속에 싹트는 걱정
하늘도 울 때 있다네
바다도 몸부림칠 때 있다네

시간은 시련을 허물며 가고
세월은 걱정을 지우며 간다네

크고 작은 걱정거리 누구나 안고 산다네
쓸데없는 것이라고 말들 하지만
사람 사는 세상에 없으면 되레 이상하지

나의 걱정거리를
남에게 넘겨서도 안 되지만
남의 것을 내가 대신 할 수도 없는 노릇

누구나 달고 사는 일상이 돼버린 걱정거리
그럴 바에야 차라리 즐기는 수밖에

내 마음의 낚시

내 마음에 속고 살 때가 있다
때로는 만면에 웃음 띠며
가끔은 침통한 표정도 지으며
맘에도 없는 얄팍한 가식의 언행으로
높은 의자를 향해 아부한 적 있다
살아야 한다는 절박감보다는
비굴한 처신을 한없이 미워한 적도 있다
후회의 구멍
빈 하늘만큼이나 넓기만 했다

가끔은 내 마음의 바다에 양심을 미끼로
아부라는 괴물을 잡기 위해 낚시를 놓는다
떡밥 덥석 물어 주는 고마운 놈 있으려나
입질만 하며 배 채우는 얄미운 놈만 있으려나
먹잇감 본체만체 외면하는 고집 센 놈도 있으려나
세 놈 다 잡히면 어떡하나?
옆집 소가 웃을 일이다

들꽃의 속삭임

들길 가에 하늘하늘
어여쁜 꽃 피어 있다

잔잔한 미소 머금은 채
당당히도 피어 있다

숨어 피는 꽃 아니에요
홀로 피는 꽃이랍니다

이름 없는 꽃 아니에요
향기로운 들꽃이랍니다

외진 들녘 모퉁이에
가녀린 꽃 피어 있다

은은한 향기 날리면서
당돌히도 피어 있다

어둠의 꽃 아니에요
감동의 꽃이랍니다

못난이 꽃 아니에요
행운의 들꽃이랍니다

가을 산

알록달록 물든
잎들의 천지 황홀하다
현란한 오색 빛
가을 악장의 피날레 눈부시다

단풍의 얼굴로 나를 불러
낙엽의 낭만으로 철들게 하는
스승 같은 산이 있어
칙칙한 마음 말끔히 씻어주는
화려한 산 거기에 있어

회색빛 도시를 벗어나고 싶은 충동
그럴 때마다 찾아가는 벗이 있어
오색찬란한 모습으로
나를 불러 철들게 해 주는
가을 산 거기에 있어

일출

눈부시게 아름다운 상서로운 빛
어스름 새벽 열고 그대 오너라
영롱한 빛들의 산란
생동의 기쁨으로 그대 오너라
뜨거운 가슴으로
식어버린 달빛마저 사랑케 하라

산 넘어
바다 건너
희망의 꿈 익어 오는
그대의 붉은 열정으로
시들어버린 삶의 향기 춤추게 하라
거룩한 광명으로 그대 오너라

국화

하양 노랑 부푼 꽃잎
화사한
어머니의 사랑 꽃
갈바람에 한들한들
우아한 듯 고상하여라

가슴으로 파고드는
상큼한
그대 신비의 향기
아득히 먼 그리움
나직이 드러눕는다

동백꽃

얼마나 그리워했으면
핏빛 물든 너의 꽃 되었으랴

타오르는 정열의 빛
뚝뚝 흘리는
아름다운 너의 몸짓
차라리 눈물이어라

불그레한 유혹의 미소
철철 넘치는
사랑스러운 너의 모습
차라리 아픔이어라

그리움으로 가는 네 길가에
영롱한 홍옥의 빛 눈부시구려

회상

강물 위에
사뿐히
내려앉은 꽃잎 하나
물결 따라
남실남실
연분홍 춤을 추네

꽃바람에
떠난 누이
아른아른 생각이 나네
꽃잎처럼
맴돌다가
곱게도 젖어 드네

잠자리

노랑 빨강 잠자리
빙글빙글 맴돌다가

마른 가지에 앉아
그대 오라네
파르르 날갯짓하며
그대 보라네

파란 하늘 아래
반짝이는 날개 위로

넉넉한 사랑
아름다운 미소
넘쳐흐르는 가을
그대 와서 보라네

제 자리

이쪽은 꽃 따로따로
저쪽은 나무 따로따로
잘 관리되고 있는 수목원의 식물들
탐스럽고 예뻐 보이긴 해도
제멋대로 자라는 식물들 보다
어쩐지 싱그러움이 덜한 듯 애처롭다

산과 들 어느 곳에서나
온갖 초목들 한데 어울려
자유로이 자라는 식물들 보다
어쩐지 풋풋함이 덜한 듯 안타깝다

무엇이나
자연스러운 모습으로
제 자리에 있을 때가
가장 아름다운 법인데

고목에 꽃 피는 날

흘러가는 저 세월 멀거니 바라보며
비바람 눈보라에 거무스레 말라갈 뿐
푸르른 날
또다시 찾아올까마는
기약 없는 그대 삶에 눈물 납니다
기다림 없는 그대 모습에 속상합니다

헐벗은 가지에 돋아난
노란 새싹 한 잎
푸르른 그대의 꿈 피우려 합니다
싱그러운 옛 모습 찾으려 합니다
머지않아 고목에도
꽃 필 날 오겠습니다

단비

기다림 끝에 내리는 비
그야말로 단비

달콤한 비 방울방울
보석 같은 그 눈물들

시든 꽃잎에 앉아 예쁜 꽃 되고 싶다고
마른 가지에 앉아 푸른 잎 되고 싶다고

가엾게 울어대는
그 소리마저 감미로워요
휘청휘청 치근대는
그 모습마저 반가워요

산 듯이 죽어 가는 것들과
죽은 듯이 살아 있는 것들

시련의 아픔에서 깨어나
싱그럽게 미소 짓는
그 얼굴들이 아름다워요

달콤한 비 방울방울
보석 같은 그 눈물로
푸릇푸릇 강산이 되고
푸근한 사랑 되는 것 보았으니

그림자

햇빛 있는 곳이라면
언제나 나타나는

내가 있는 곳이라면
어디든 따라다니는

요리조리 숨기도 하고
짧게도 길게도 나타나는
개구쟁이 내 그림자

여기저기 남겨두고 떼어두기도 했는데
챙겨주지도 못하고 나 몰라라 했는데
여전히 따라다니는 믿음직한 반려자

양지를 좋아하고
그늘을 싫어하는
말은 하지 않아도 서로의 맘 알 것 같은

자신을 늘 그리워하라고
자신을 언제나 사랑하라고
그대 밝은 곳에서 기쁨으로 살라고
그래서
햇빛 속을 따라다니는 것이라고

방랑자여

아름다운 꽃을 보고 슬퍼할 사람 없다
눈보라 속에 길을 잃고 기뻐할 사람 없다

누구나 한 번쯤은 방황의 길 걷게 되지
덧 없이 흘러가는 강물이 되기도 하고
침묵으로 꿈을 꾸는 바위가 되기도 하고

누구나 그대처럼 희망의 꽃 피우려 하지
오를 수 없는 행복의 나무 어디 있더냐
바닥없는 슬픔의 우물 또 어디 있더냐

방랑자여 우리 정녕
한 줄기 바람으로 스쳐 갈지라도
하늘 아래 웅크리고 있는 벌거숭이 산천에
봄 향기나 전하고 가세
꽃이 되고
새가 되어

봄비

하야니 여린 봄비에
파라니 돋는 그리움
오글오글 꽃망울에
발그레 싹트는 설렘
수줍어
내민 얼굴에
웃음꽃 방긋 트겠네

고요히 내리는 봄비에
살며시 오는 속삭임
푸릇푸릇 가지마다
부푸는 초록의 물결
그리워
기다린 맘에
싱그러움 일겠네

운무의 바다

골짜기마다
하얀 솜털 깔아 놓은 듯
뭉실뭉실 피어나는 운무의 바다

가까운 듯 저 멀리에
둥실 떠 있는 봉우리 섬 산들
희미한 얼굴 내밀고 거기에 서 있다
아스라한 전설의 실경산수화 한 폭이
마냥 눈앞에 드러눕는다

저 운무의 바다 밑에는
과연 무엇이 숨어 있을까?
어떤 모습을 하고 있을까?

뭉게뭉게 피어오르는 환상의 절경
기어이 황홀한 마음 휘저으며
구름 타고 노니는 신선이 되란다

백발을 헤쳐 푼 채 술렁이는 운무
슬금슬금 산등성이 넘어 먼 하늘로
고스란히 민낯 드러낸 자연의 주체들
뭇 생명들의 신비로운 조화
아름답고 멋스러운 천연의 모습

보는 것만으로도 위안이 되는
어머니의 산
넌지시
그대 이젠 떠나라고
그대의 세상으로 돌아가라고

아쉬움 남기고 떠나가는
나그네의 웃음소리 걸걸하다

아름다운 삶을 위하여!

그 무엇을 꿈꾸며
그 누구를 그리워하며
사랑의 마음으로 살아간다는 것
진정 행복한 사람
바로 당신입니다

수많은 만남 속에서
아름다운 인연이 되어
기쁨 서로 나누며 살아간다는 것
정말 축복받은 사람
바로 당신입니다

한 번의 웃음으로도
성큼 다가오는 즐거움
돌아서서 기쁨 감출 수 없는
너그럽고 여유로운
사랑의 마음 소중히 하여

고운 꿈으로 피어나는
축복의 꽃 되어보자

나 그대 있으므로
그대 우리 있으므로
영원히 싱그러운
행복의 나무 키워보자
오늘도
내일도
아름다운 우리의 삶을 위하여!

당신의 꽃

당신이 생각날 때면
그리움의 꽃 피우렵니다

당신이 보고파질 때면
사랑의 꽃 피우렵니다

내 삶의 전부를 외로움으로 채울 수 없어
내 사랑 빈 가지에 당신의 꽃 피우렵니다

언 댓잎 사각사각 찬바람 비켜 울 때도
시들지 않는 영원의 꽃 피우렵니다

아름답고 향기로운 당신이란 이름의 꽃
언제나 내 가슴 속에 피워 두렵니다

아침 생각

이른 아침
파란 하늘에
희멀거니 떠 있는 달 보았습니다

떨어져 사는
피붙이들 얼굴이
핑그르르 두 눈에 들어찹니다

오아시스를 찾아 헤매는
사람들의 애처로운 모습이
쏜살처럼 빈 가슴에 꽂힙니다

고단한 날이 저물면
저 달빛 온전히 익어
그리움으로 노랗게 빛 날 테지요

어느 간이역에서

녹 슬은 철길 위 나뒹구는 낙엽의 홀림
잠자리 떼 유유히 자유로운 영혼의 곡예
코스모스 하늘하늘 초연한 그대 기다림

고요 속에 깊이 잠든 이름 없는 간이역
한때는 오가는 사람들 만남과 이별의 자리
"잘 가거라, 또 언제 오나?"
그 목소리 아련히 들릴 듯한데

써늘한 기운 감도는 허름한 역사 저편에서
멀거니
멀거니
보고도 못 본 듯이
마음은 여기에 두고 몸만 떠나보내려는데

"잘 가시게, 언제 또 오시려는가?"

제4부

별
하
나
의
사
랑

시인의 마음처럼

미소 지으며 고개 끄덕이며
시를 읽는 당신의 모습 아름답습니다
그런 당신의 가슴에
빨간 장미꽃 한 송이 피워 드리렵니다

때로는 강이 되고 바다가 되어
출렁이는 당신의 기쁨이 되고
가끔은 산이 되고 바위가 되어
영원한 당신의 사랑이 되렵니다
만약 당신이
우울한 기분으로 얼어붙어 있을 때면
구름 뒤에 숨어 있는 태양을 꺼내서라도
기꺼이 그 마음 녹여 드리렵니다

어느 날엔 고독의 밤 지새울 때도 있지만
내가 그린 세상에 취해
피식 웃음 짓는 철없는 사람입니다

이러니저러니

살다 보면 힘겨운 길 걷기도 하지
아름다운 저 꽃들도
고난의 길 헤치며 왔지

살다 보면 외로운 길 걷기도 하지
유유히 흐르는 저 강물도
수난의 길 돌아서 왔지

오르막이 있으면 내리막도 있지
궂은날 뒤에는 밝은 날 찾아오지

기다림의 세월은 기쁨으로 오지
고독의 시간은 소중한 추억이 되지

보이는 것 모두가 사랑이라지
스쳐 가는 것 모두가 그리움이라지

살다 보면
이러니저러니
사연도 많지만
지름길 없는 인생길
지나고 보면
누구나 한바탕 웃음이 나지

바닷가에서

맹수처럼 달려드는 성난 파도에
거북 등 바위섬들 오르락내리락
자맥질에 지쳐 허연 거품 내뿜는다
닥치는 대로 삼키고 토해내는
저돌적 파란의 연속

무자비한 물보라 세례 퍼붓고는
능청스레 돌아서서 너울너울 춤추는
제멋 대로의 모습 가관이다
안아주고 달래 주는
암벽의 아량 측은하다

아름다운 너울 빛 맞으려 했는데
넘실대는 그대의 사랑 느끼려 했는데
세상은 언제나
내가 바라는 대로
존재하지 않는다는 사실을

가재

등산길 오르내리다 지칠 때 즈음
시원한 계곡물 만나
발 담그고 쉬고 있자니
어디서 기어 나온 가재 한 마리
이 더러운 발 어디 들여놓느냐며
발가락 꽉 물고 좀체 놔주지 않는다
엉겁결에 발은 뺐지만 한 방울의 피로
금방 선홍빛 실타래처럼 얼룩진 계곡물

바위틈 풀꽃들이 비웃는다
단풍잎들의 비난 우수수 퍼붓는다
아름다운 자연을 지켜 달라고
청정한 이곳을 더럽히지 말아 달라고
앗! 뜨끔
맑게 흐르는 계곡물에 입맞춤하며 속삭였다
다시는 그러지 않겠노라고
계곡물의 수호신 가재 대왕께 전해 달라고,

담쟁이덩굴

올라가야 사느니
손 내밀어 잡아주는 이 없어도
덩굴손 하나만으로 올라가야 하느니
담벼락 짚고
벼랑 붙들고서라도

푸르름 눌러쓰고 너풀거릴 땐
멋지다 아름답다 몰려들더니
앙상한 줄기 그물처럼 얼기설기 드리우니
바람만 스쳐 갈 뿐
찾는 이 하나 없어

눈보라 치는 날에는
시린 손 부여잡고 언 몸 동여매고
보란 듯이
푸르러 너풀거리는 그 날까지
기다려야 하느니

거울

내 거울 속에는 그리운 사람 있다
얼굴 비칠 때마다 같은 말 건네주는

삶의 아픔 삭이시며
한평생 농사꾼으로 살아오신
그때 그 사람 늘 하시던 말씀
"괜찮다, 걱정하지 마라, 이만하면 행복하다"
그 목소리만 애잔히 들려올 뿐

무심코 아이들 거울 들여다보니
"사랑해요, 건강하세요" 이런 말을 다 하네
이다음에 내 거울은 무슨 말 전해 주려나

그때 그 사람의 거울 유심히 들여다볼걸
이제는 마음속으로만 들리는
이미 깨져버린 그 거울

미루나무를 보며

이보다 큰 나무 없을 거라고
새들이 날아가다 부딪힐 거라고
천진한 아이 마음 그랬다

까치집 아슬아슬 달처럼 걸려 있다
높은 곳에 있으면 무섭지 않을까?
철부지 아이 마음 그랬다

시골 개울가에
하늘 찌르던 키다리 미루나무

"저 꼭대기에 구름 노는 것 보이니?
너도 얼른 이만큼 커서
하늘 훨훨 구름 타고 놀거라"
허허, 웃으시며
곧게 자란 곁가지 잘라
낚싯대 만들어 주시던 그 사람

다른 곳에 있는 미루나무를 보아도
그 사람을 만난 듯
반가움 감출 수 없다

"이제는
구름 노는 것도 보이고
높은 곳이 좋다는 것도 알지만
여전히 저는
바닥에서 편히 살고 있습니다"
허허, 웃으시는 소리 들리는 듯하다
잠시 고개 숙이고
돌아서서 손 흔들고
구름 되신 아버지 보고 싶다

빨래터에서

개울가를 걷다 보니 빨래터가 생각납니다
살얼음 깨고 빨래하시던
어머니 모습 보입니다
벌거니 언 손 아랑곳없이
넉넉히 웃으시던 그 얼굴이 보입니다

넓적한 돌 받쳐놓고
빨랫감을 치대며 방망이질하던
그 옛날의 빨래터
어머니 이제는 옛이야기 되었습니다
재잘거리며 흐르는 개울물 소리
억지로 굴러가는 탄식으로 들립니다
바위틈에서 잠시 쉬어갈 만도 한데
어쩌면 당신의 인생처럼 바삐 흘러갑니다

비바람 피하며 살겠노라고
마른입 축이며 살겠노라고

어머니의 빨래터를 잊고 살았습니다
편한 세상 한번 다녀가시지요
오시는 김에
이 못난 놈 깨끗이 빨아 주세요
엎어놓고 당신 힘껏 방망이질도 하시고
얼음물에 처넣어 헹궈도 주시고요

어머니
벌써 빨래터에 나와 계시는군요
머리 곱게 빗으시고
예쁜 꽃도 꽂으셨네요

별꽃

별이 되고 싶다
꽃이 되고 싶다
바람 탄 가슴으로 환상의 파도를 넘네

많은 꿈 꾼다 해도
온갖 희망 품는다 해도
고통 없이 이뤄지는 것 하나도 없어

쉽게 지은 꿈의 성 이내 무너진다네
쉽게 피운 희망의 꽃 이내 시들어버린다네
바람 든 마음으론 아무것도 바랄 게 없어

별은 어둠 속에서 꽃 하나로 반짝이지
꽃은 밝음 속에서 별 하나로 피어나지
하나의 꿈길만이 큰 별꽃 된다지

어떤 사랑

사랑해요
그리워요
그 사람 늘 가슴에 있네

줘도 줘도 모자라는 사랑
자꾸만 자꾸만 떠오르는 그리움
그래서
사랑은 슬픈 것이라고

오, 그대의 향기
바람으로 또 오시네
아직도 그대 사랑
수북이 남아 있는데,

별 하나의 사랑

내 가슴엔 언제나
사랑의 별 하나 있어

밤마다 찾아와
눈부시게 반짝이는
내 사랑 별 하나 있어

예쁜 눈 깜빡이며
사랑으로 빛나는
당신이란 별 하나 있어

우러러 감사할 테요
보고파 그리워할 테요

향수

저 하늘에 뜬 구름 어딜 가시나
외로운 조각달 또 어딜 비추시나
눈 감아도 훤히 보이는 그곳인데

오지 산골 꽃동네
호수에 잠든 고향
세월이 흘러가도 눈에 선한 산천인데
이제는 영영 돌아갈 수가 없어

거기보다 더 좋은 곳
나에겐 없네
고향보다 더 그리운 곳
네게도 없네

아직도 옛사랑 가슴에 남아 있는데
못 잊어 자꾸만
되살아나는 그리움

찔레꽃

오는 봄 길목에서
하얗게 하얗게 먼 그리움 부르는 꽃이여
수수한 네 모습이 좋아서
은은한 네 향기가 좋아서

보지 않아도 알만한 너의 꽃
봄바람 부는 강 언덕에 쓸쓸히 피어 있으리라
보지 않아도 보는 듯한 너의 꽃
아무도 없는 산기슭에 외로이 피어 있으리라

뽀송뽀송 하얀 얼굴로
예쁜 미소 날리는 깜찍한 너의 꽃
가시가 있어요, 가까이 오지 마세요
손사래 치며 아양 떠는 애교 넘치는 너의 꽃
시골 농부의 어린 자식 눈에는
너처럼 고운 꽃 본 일 없어
너처럼 사랑스러운 꽃 본 적 없어

너는 마치
하얀 고깔 눌러 쓰고
하얀 옷으로 갈아입고
먼 길 떠나는 사람들의 이별 앞에
어쩌면 너의 꽃은
하얀 눈물방울로 피어나는 슬픔의 꽃인지도

철 지난 가시덤불에
대롱대롱 매달려 있는 빨간 너의 영혼
밤하늘에 반짝이는 초롱별처럼
하얗게 피어 눈부신 날 다시 돌아오기를
내 사랑의 사람들이 그러하듯이

고독의 꽃이여
눈먼 사랑의 꽃이여
오는 봄 길목에서
하얗게 하얗게 먼 그리움 부르는 꽃이여

방황의 길

나그네여,
먼 듯 가까운 인생길
바람인 듯 구름인가 보오

빈 가지에 피어난 눈꽃이
바람에 앉은 구름이더이까?
서쪽 하늘에 핀 노을 꽃이
세월에 앉은 인생이더이까?

스쳐 가는 바람인가 보오
머물다가는 구름인가 보오

비울 것도 채울 것도 없는
빈 하늘 떠돌다가
없는 듯
있는 듯이 떠나시려나 보오

부서지는 달빛에 그리움 남겨두고
소스라치는 갈대숲에 외로움 묻어두고
산 넘어오듯
산 너머로 떠나시려나 보오

나그네여,
먼 듯 가까운 인생길
바람인 듯 구름인가 보오
방황의 길 가지 끝에 노을 꽃이 피었구려

형님

실룩거리는 녹음 사이로
온갖 꽃들 해죽거릴 때 놀러 한번 오시구려
배추전 부처놓고 막걸리 한 사발 나누면서
지지리도 힘겨웠던
지난날의 회포 풀어 보시지요
힘겹게 살아온 청춘이 어디 우리뿐이랍디까?
이제야 웃음으로 돌아온 날들
이제야 돌아온 그리움의 날들

풍진 세상이면 어떠리오
푸시시 깨어난 천연처럼 언제나
수수하고 소탈한 모습이 매력인 형님,
어느덧 뉘엿뉘엿 저물어 가는 인생길
이제부터라도 여유로운 웃음으로
남은 인생 쉬엄쉬엄 편히 걸어갑시다요
뭣 놈의 세상이 그리도 **빡빡**했던지
뭣 놈의 세월이 이리도 급히 가는지

감 따는 소리

산골짝 외딴집에
털모자 쓴 할아버지
툭툭! 감 따는 소리
하늘 질리듯 애처롭다

성한 홍시 따로 골라 할머니께 건네시고
터진 것 몇 개 들고 문지방에 걸터앉아
"후~ 이제 됐네,
빈 몸 움직이기도 힘들어!"하시며
한숨 쉬듯 웃으시는 할아버지

누런 감
빨간 홍시
내년 이맘때도 오늘처럼
주렁주렁 달려 있을 텐데,

팥죽 먹던 날

검게 그을린 고향 집 부엌
매캐한 연기와 열기 넘칠 때면
커다란 가마솥에 팥죽이 설설 끓는다
새알심 들랑날랑
거품 방울 푸푸

앞치마 옷소매 붉게 물들 때면
"아이고 이제 다 됐네"
땀에 젖은 얼굴로 웃으시던 어머니
언제 먹을까? 침 삼키며 기다리는 시간
왜 그리 길었던지
일 년에 한 번
그것도 동짓날에나 먹어 보던 별식
큰 상에 둘러앉아
후후, 불어가며 맛있게 먹던
팥죽 한 그릇

"새알심은 제 나이 수만큼 먹는 거야"
하시면서 한 국자 더,
나는 그날 열 살도 더 먹은 것 같다

찬바람 술술 들어오는 홑옷 입고도
행복했던 그 시절
그 겨울이 오면,

망각의 세월

정다웠던 내 사람 믿어 왔는데
그 마음 어디에 두고 홀로 나비 되시었소

망각 속에 빠져버린 님의 운명 어찌하오
무심한 세월은 자꾸 흘러가는데
누구라 님의 장막 거둬 주리오
한숨이야
눈물이야
무슨 소용 있으리오

허공에 뜬 님의 마음 돌아올 줄 모르네
너무나 가엾고 가슴 아파서
그 이름 소리쳐 불러 보아도
대답 없는 메아리 눈물 속에 떠 가네

님이시어 예전처럼 안아 줄 수 없겠소
다시 한번 우리 사랑 시작할 수 없겠소

저물어 가는 인생길 서로서로 의지하며
하고픈 일 모두하고 그리운 사람 다 만나고
다정히 두 손 잡고 꽃길 걷고 싶었는데

내일이면 오시려나
옛사랑으로 오시려나
그대의 꿈이 되고 싶소
그대의 빛이 되고 싶소

가버린 님의 세월 누가 채워주리오
빛바랜 님의 삶 어디서 찾아 주리오
오, 가여운 내 사랑 어찌하오리까

해바라기

해를 닮아 동그란 얼굴
해를 향해 목 길게 빼고
연신 빙그레 웃는
싱거운 키다리 꽃

따가운 햇볕에
알차게 여물어 가는
빼곡히 박힌 씨앗들

너도 그래 보라고
가슴에 품은 꿈의 씨앗
까맣게 태워 보라고

행복하시죠?

행복하시죠?
아, 그래그래
자네는?
살아 있는 것만으로도
가슴 벅찰 정도로 행복합니다
멀쩡한 몸으로 문병하러 온
나를 쳐다보며
환자가 하는 말을 뒤로하고
병원 문을 나서니
행복이 산더미처럼 쌓여 있다
당신도 행복하시죠?

기다리는 중

난 지금 기다리는 중,
눈도 아니고 비도 아니라니까?

정말 모르겠어?
사랑해! 이 한마디 기다리는 중,

사랑해, 사랑해
이 말 자주 하며 살자, 우리

넌 벌써 꽃처럼 웃고 있잖아?
우리 행복하잖아

처음엔

처음 가는 길
두려움의 한나절

돌아오는 길
기쁨의 반나절

우리 처음 만났을 때
서먹서먹하였어
정말 그랬지?

만나고 또 만나니
우리 사랑꽃 피었어
정말 그렇지?

밥 한 그릇

누구와 함께 있어도
즐겁지 않을 때가 있다

속이 비어 있으면
마음도 따라 시들어
나로서 네가 될 수 없다

밥 한 그릇이면
생각도 따라 넓어져
나로서 네가 될 수 있다

밥 한 그릇에
목숨 걸 때도 있다
한 톨의 밥알이
나에겐 행복으로 오지만
그 누구의 피땀 어린 정성이었음을,

제5부

기
다
림
의

세
상

고향의 봄

드렁칡 더듬더듬
이 산 저 산 엮을 때면
싸리꽃 향기 산골짜기 차고 넘치네

산새 물새 흥겨운 노래
여린 봄 달굴 때면
도란도란 시냇물 산골 마을 돌아드네

하늘 창 빠끔히 열고 그 누굴 기다리시나?
머루 다래 청록의 빛 벗질 못하고
산딸기 빨갛게 익질 못하네

호수에 잠든 고향의 봄 차마 못 잊을 레라
그리워하는 마음만 가고 올레라

사랑은

사랑은 그대의 꽃으로 피어나
우리 행복의 밀알이 되는 것입니다

그대 얼굴이 눈에 선한 것도
그대 미소가 아른거리는 것도
모두가 당신의 그리운 사랑입니다

그대의 미래와 건강을 걱정하며
내 몸처럼 아끼며 위해 주는 마음도
분명 당신의 고귀한 사랑입니다

서로의 마음이 하나 되어 언제나 함께하며
서로의 믿음으로 서로를 용서하고 배려하며
기쁨 서로 나누는 것이 제일의 사랑입니다

아, 오늘 밤도 반짝이는
내 사랑의 별님들 가슴에 새겨 둡니다

희망을 줍는 사람

골목을 누비며
희망을 주우러 다니는 할머니
꾸부정한 몸으로
버려진 종이 상자 손수레에 가득 싣고
환하게 웃으시며 하는 말
"희망을 거저 줍고 다니니까
웃음도 절로 따라오더라고
그래서 행복하면 됐지, 뭐 별거여?
그렇다
이 세상에 널브러져 있는 희망들이
주인을 기다리고 있는데
우리는 그 끈을 놔둔 채
행복의 끈만 잡아당기려 애를 쓴다

마음 그릇

마음의 그릇 반쯤은 비우고 살자

수많은 그릇 중에
마음의 그릇만큼 큰 것 없다
어마어마한 것이어서
다 채울 수도 채워지지도 않는다

작은 틈마저도 비워 두지 못하고
채우려 안달하며 넘보는 게 욕심이다
욕심을 담아내는
마음의 그릇 깨트려 버리자

벌들은 부지런히 꿀을 모으지만
자기의 몫이라곤 고작
눈곱만큼의 양식이 전부
그래도 행복하게 꽃을 찾는다

저수지는 넘칠 듯 차 있어도
바싹 말라 있어도 걱정이지만
풍성한 수확의 기쁨 바치려 애를 쓴다

비어 있으면
채워가는 즐거움 있고
차 있으면
흘려보내는 너그러움 있다

아름다운 마음의 그릇
반쯤은 비워 두고 반쯤만 채우고 살자

비워 둔 마음엔 꽃을 심고
채워진 마음엔 웃음을 얹어보자

헌 옷

내 옷은 하나도 없다
있는 옷들은 모두
세월이 입던 것들이다
태어나 처음 입어 본 배냇저고리
그것마저 까마득히 지난 세월의 것

산과 들은 언제나
흘러간 세월의 옷 다시 꺼내 입지만
그때마다
딱 맞고 잘 어울려 보기 좋은데
나의 옷은 새로운 나를 원하는지
내가 새로운 옷을 원하는지 변덕스럽지만
언젠가는 그 모든 것
세월의 몫이 될 터이니

번데기가 벗어놓은 것이 어머니 옷이다
지금은 나도 그렇다

빛바래고 헤지고 유행 지난 헌 옷이다
장롱 구석에 처박아 두기엔
아직은 입을만해서
잘 빨고 곱게 다려서 간수 잘해 두었다가
세월이 제 옷 달라 보채는 날엔
미련 없이 되돌려 줘야 할 것이 아니더냐
애초부터 내 것이라곤 하나도 없었으니,

잠시 알몸 두를 옷은
세월의 것 빌려서 입으면 되니
다가올 추운 날들이
그리 두렵지는 않다

쉬었다 가는 곳

대문 활짝 열려 있는 집
"쉬었다 가는 곳"이라는 글씨 눈길 사로잡는다
지나가는 사람들 궁금증에 살며시 들여다보니
아, 이럴 수가
앞마당 가득 온갖 꽃들과 나무들로
아름답게 꾸며 놓은 숲속의 쉼터 정원
한쪽에는 사탕과 커피도 준비돼 있다
누구나 들어와 잠시 쉬면서 즐기고 가시란다
도시 한복판에 이런 곳이 있을 주리야

이 동네 저 마을 다니며
보따리 장사하시던 어머니
시장하고 갈증 날 때
물 한 잔과 밥 한 그릇 선뜻 내어 주시던
고마운 사람들 잊을 수 없다며
어느 날 자식들 모아놓고
이다음에 너희들이 크면 그 은혜 꼭 갚아 달라시던

어머니의 간절한 말씀 두고두고 가슴에 남아
작은 보답의 길이지만 어렵사리 마련했노라고
겸연쩍게 말하는 아들 부부
그 효심에 감탄하고
그 정성이 놀라울 따름

잠시 들러 쉬었다 가는 곳이라지만
자신을 되돌아볼 시간 가져 보라는 것일 테지
새 꿈 나들이로 밝은 표정으로 돌아가는 사람들
약간의 먹거리 사 들고 다시 돌아와
주인 몰래 대문 안으로 밀어 넣고 가는
사람들의 뒷모습 아름답다
주고받는 인정 눈물겹다
은혜를 잊지 않는 그 마음 아름답다
어려운 사람들의 큰 정성에
잔잔한 사랑의 물결 드높다

밤비

밤비는 꿈꾸지 않네
우리를 꿈꾸게 하네

밤비는 울지 않네
어둠의 통곡일 뿐

밤비는
어둠 타고 숨어 내리는 운명
어둠은 밤비에 젖고
밤비는 어둠에 안긴 채
세상을 토닥이며
꿈꾸게 하네

밤비는
꿈꿀 시간이 없네
어둠을 달래며
잠들게 해야 하네

새벽은 이미 저만치 와 있는데
개울의 노랫소리 귓가에 울리는데
어쩌나
별빛 하나 없는 밤
그 어둠의 소리 그리울 텐데

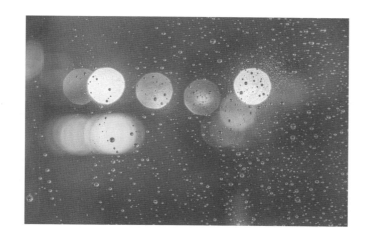

아름다운 사람

우리는 늘
사랑의 그림자에 누워
행복을 꿈꾸는 사람들이지요

그대를 사랑한다고 말해주세요
아름다운 세상이라고 말해 보세요
당신은
아름다운 사랑의 소유자니까요

혼자만의 행복은 존재하지 않지요
당신에게서 오는
사랑의 향기만으로도
오롯한 우리의 기쁨 되지요

그런 당신을 보고 우리는
행복을 나눠주는
아름다운 사람이라 말하지요

두 계절뿐인 사람

당신의 계절 알고 싶다

하룻밤 자고 나니
봄 여름 가버리고
또 하룻밤 보내고 나니
봄 여름 또 곁에 와 있고

나의 계절은
가을 겨울 없다
내가 지금 어디쯤
와 있는지 알 수가 없다

봄날의 설렘과
여름날의 열정
그것만으로 살고 있다
아마, 영원할지도

착각이었어

어디론가 쉼 없이 흘러가는 저 강물
이제는 멈추어 쉬고 싶다고
몸부림치며 흘러가는 줄 몰랐습니다
그렇게 고달픈 여정인 줄 몰랐습니다

당연히 흘러가는 것이라고
멈추면 썩어버릴 것이라고

돌부리에 걷어차이고
암벽에 부딪혀 깨어지는
요동치는 물속 들여다보지 않고
수고로운 그 속내 알지 못했습니다

어차피 가야 할 길
쉬엄쉬엄 가겠노라고
그대 제발 재촉하지 말라고
내 가슴이 소리쳤습니다

수면 위
겉으로 보이는 현란한 광경
눈부시게 반짝이는 물결의 유랑
착각이었습니다
어쩌면 내 삶의 모습인지도

언제나 깊은 곳에 존재하는 진실
잔바람에 쉬이
날려 보내는 것이 아니라고
내 마음이 말합니다

가을이시여

파란 하늘 드높이
떠도는 구름을 보며
당신은 무슨 생각 하시나요?

스치는 갈바람에
뒹구는 낙엽을 보며
당신은 무얼 생각하시나요?

코스모스는 하늘하늘 사랑하라고
단풍잎들 팔랑팔랑 그리워하라는데
낭만은 올올이 고독에 젖은 채
아무도 없는 당신의 길 서성입니다

밤하늘 저 멀리
철새들의 울음 흘리고 간 자리에
공연히 부서지는 외로운 달빛
한 방울의 눈물만으로
기나긴 당신의 밤 뒤척이게 합니다

귀뚜라미 소리만으로
당신을 향한 마음 접으라는 겁니까
풍요한 당신의 계절에
빈곤한 사랑을 안기는 이유가 무엇입니까

그러고도 휑한 가슴에 파고들어
사랑하라고
그리워하라고
왜 또 이러십니까

가을이시여
당신의 사랑은
언제나 산산이 부서지는
이별 앞에 서 있는데
날 보고 어찌하라는 겁니까
고독 아닌 낭만의 결실이나
가슴 넘치게 흘려 주소서

기다림의 세상

그리움의 세상은 기다림에 있다
기다림은 세월의 허비가 아니라
낯선 세상의 빗장을 풀기 위한
삶의 미래다

천년바위에 앉은
저 장엄한 노송의 기다림을 보라
세월이 제아무리 흘러간다 해도
세상 속에 머물러 있을 뿐이라고

기다림의 세상은 언제나
인내의 길 끝에 서 있으니
천천히 돌아가도 급할 게 없어
익어 가는 기다림의 맛 달콤할 테니

천둥 치던 그 눈물 푸르러 빛나네
희미하던 그 등댓불 어둠 훤히 밝히네

기쁨으로 오는 당신

스쳐 가는 존재들 모두
감사하고 고마운 인연들

기쁨으로 오는 것은 모두가 아름답지요
삶의 봄은 언제나 웃음으로 오지요

작은 관심과 배려에도 기뻐하는 사람 만났습니다
위안이 되고 위로가 되는 소중한 사람 찾았습니다

기쁨으로 오는 당신 있어 행복합니다
아름다운 사랑의 날들이 기다려집니다

별것도 아닌 세상에
별것 되어 오는 당신이 있어

어리석은 사랑

네 곁을 떠날 수밖에
없었다

어쩌면 너의 사랑은 내가 아니라
나의 배경에 있었는지도,
따스한 너의 보금자리와
화려한 네 삶의 소망 이루기 위한
수단이었는지도 몰라

내 삶의 강이 말라 있음을 알았을 때
너는 이미
나를 향한 사랑의 마음 멀어져 갔다
용기 내라는 말 한마디만으로
감동이었을 텐데
내 마음 흥건히 적시는
사랑의 소낙비였을 텐데
그럴 거라 믿었는데

둘의 사랑은
한 사람의 마음만으로 할 수 없다는 것을
지금의 현실이
미래의 그 무엇보다 앞설 수도 있다는 것을

철없는 사랑
허울뿐인 사랑
순수한 사랑이라고

잊으라 하네

따사로운 햇살
허기진 들녘에 푸른 빛 뿌리네
혹한의 시련 벗어나라고
어둠의 시간 너무 길었다고
잊으라 하네

해쓱하게 기우는 새벽달 쳐다보며
온밤을 울어야 했던 나의 슬픈 파랑새여
높이 날아 보라고 잊으라 하네
아픔으로 가난으로
그대의 꿈 시들어 갈 때
따스하게 내미는 손 그리웠다네

배부른 뭇 새들의 소리
향기 없는 꽃들의 미소
잊으라 하네
잠시 기댈 언덕도

쉬어 갈 그늘도 없었음에 감사하며
잊으라 하네

날리듯
외로이 오는 그리움이여
달콤한 듯
시리게 오는 사랑이여
눈물이
웃음을 잊으라 하네

헐벗은 저 광야에
푸르름 이는 소리 들리어 오네
아직도 남은 사랑이 있어
그리움 부를 주리야
이것만으로도 넘치는 행복
이젠 잊으라 하네

옹달샘

우리가 너무 맑고 깨끗해서
깊은 산골이 두루 평화로운 거야
새들과 산짐승들이 핥아먹어도
우리는 기쁘게 솟아오르지
누구의 갈증을 풀어 준다는 게
얼마나 행복한 일인데

무작정 길을 나서는 것도 괜찮아
낮은 데로 모여들어 큰물 이룰 수 있으니까
가다 보면 갇혀서 수난당하기도 하지만
그것도 누구를 위한 것이라는데 어째?

우리가 흘러가지 않으면 당신들 어쩌려고?
그러니까 고마운 줄 알고
우릴 좀 아껴 달라는 거지
영원할 줄 알아? 그런 건 없어
언제 어떻게 될지 우리도 몰라

막상 바다로 갈려니 걱정도 돼
그 거친 곳에서 견뎌낼 수 있을지
짜게 물든 몸으로
온갖 것들과 어울려 살아야 하는데

아, 지금 돌아갈 수 없는
옹달샘 고향이 너무 그리워
기쁨으로 솟구칠 때가
정말 행복했는데

고개 숙이는 계절

가을 하늘이 멀다
파란 마음 드높이 띄워 보는 거야
황금 옷으로 갈아입은
들녘의 풍요 한껏 누려 보는 거야
갈바람에 묻어오는
들꽃의 이별 향기 흠뻑 취해 보는 거야
이러지 않으면
맑은 이 가을이 슬퍼할 테니까

피땀 어린 정성들 기억하기 위해
논두렁 개구리 돼보는 거야
풍성한 결실의 기쁨 알리기 위해
벼메뚜기도 돼보는 거야
울 아버지 갈라 터진 아픈 손이 돼보고
빨간 고추 널어놓고 흐뭇해하시는
울 엄마의 맵디매운 눈물도 돼보는 거야
이러지 않으면
넉넉한 이 계절이 실망할 테니까

제빛 잃으므로 풍요 바치는
저 생명들의 기구한 운명을 알고
익을수록 고개 숙이는
저 겸손한 몸가짐을 보니
아, 내 사랑에도 없었던
먼 그리움 여기에

가을은 고개 숙이는 계절
속이 비어
익을 것도 고개 숙일 일도 없는
쭉정이들의 아픔을 위로하며
내년 이맘땐 우리 서로
고개 숙이고 만나기를!

그 사람의 그늘에서

외로움에 그을린 달빛 보았습니다
시린 물에 발 담근 갈대 보았습니다

슬픔인지 아픔인지 몰랐습니다
당신의 모습인 줄 차마 몰랐습니다

당신의 미소와 눈물까지도
당신의 것이 아니었음을 이제야 알았습니다
기쁨과 행복은 오로지 자식의 것이 되고
아픔과 괴로움은 오롯이 당신 것이 돼야만
마음 편해하시는 당신을 보았습니다

거칠어진 두 손에 숨어 있는
당신의 고된 삶의 그림자 보지 못하고
맛있는 음식으로 배 채워주고
따스한 아랫목 내어 주며 뒷바라지해주는 것이
당신의 당연한 몫인 줄로만 알고 살았습니다

드시고 싶은 것도, 가보고 싶은 곳도
없다고 하시던 그 깊은 속내 알면서도
바쁘다는 핑계로 미뤄오는 사이
당신은 내 곁을 홀연히 떠나셨습니다

정성을 다해 즐거운 삶 되도록
보살펴 드리지 못하였음을
이제야 통감하며 참회의 눈물로 사죄드립니다
탄식의 아픔이 소나비처럼 쏟아집니다

어머니, 춥지는 않으세요?
그곳은 언제나 꽃들이 만발하는
따스한 봄의 낙원이면 좋겠습니다
아직도 잊을 수 없는
당신 사랑의 그늘에서
그리워할 수밖에 없음을 용서하소서

참사랑의 선물

어둡게 드러누운 녹음 사이로
땔감 나무는 보이지 않고
참꽃 활짝 핀 지게를 지고
꼬부랑 길 내려오시는 할아버지
저 꽃은 어디에 쓰시려고?

꼬리치며 반기는 삽살개 따라간
양지바른 산언덕 작은 초가집
지게 벗고 털썩 주저앉은 할아버지
후~ 장탄식 소리 온 산을 훑는다

덜커덩, 방문 열고 내다보시는 할머니
영감 이제 오신 게요? 시장하시겠네
오늘도 참꽃 꺾어 오셨구려,
이이고 차~암,

아뿔싸! 할머니의 꽃 선물?

소꿉동무 승원이

생각만으로도 절로 웃음이 나는 사람
보고파 할 겨를도 없이
무시로 떠오르는 개구쟁이 그 사람
농담인지 진담인지
그의 말 언제나 아리송하지만
구수한 입담으로 늘 배꼽을 쥐게 만드는 사람
자네는 언제 철들래?
"철들면 뭐 하나 고생이라는데
이렇게 살다 죽을 테니 제발 말리지 마라"
거침없이 쏟아내는 말과
익살스러운 그 표정에
또 한 번 빵!
그 사람의 말에는 진실이 묻어 있다
순수하고 진솔한 그 마음 미덥다
삶을 즐길 줄 아는 낙천적인 사람
소탈하고 천진스러운 그 모습 아름답다
행복이 별거더냐? 웃음으로 살면 그만이지

삼베마을

안동 임하 금소마을은
안동포로 유명한 삼베의 본고장

황금빛 날개옷
얼금얼금 삼베옷
우아하고 멋스러운 고상한 품격

살아서는
여름철 시원히 보내고 무병장수하시라고
저승길엔
황금 수의 고이 입혀 극락왕생하시라고

이른 봄부터 대마 씨 뿌리고 키워
찌고 삶고 껍질 벗겨
말리고 빗고 다듬어서
아낙네들 허벅지 피멍 들도록
올올이 비비고 또 이어서

타래타래 베틀에 걸고 밤낮을 정성으로
한 필, 두 필 짜낸 것이 그 유명한 안동포
아, 그 수고로움 어찌 말로 다 하리오

모든 과정이 일일이 수작업이다 보니
워낙 고되고 힘들어서
명품으로서의 그 명맥 언제까지 이어져 갈지

조상 대대로 이어져 온 빛나는 유산
멋스러운 전통의 명품
안동포로 유명한
삼베마을이 있어 자랑스럽다

산

영근 햇살 쏟아지는
펑퍼짐한 산허리에
예쁜 꽃들 만발하네
초록 세상 열리겠네

오시는 이 오라 하고
가시는 이 가라 하고

고운 정 잊으실까
서러운 맘 남기실까
실눈 길 가지가지에
녹음 잔치 벌여 놨네

선들바람 불어오는
낙타 등 산마루에
단풍 고이 반짝이네
눈꽃 세상 열리겠네

오시는 이 오라 하고
가시는 이 가라 하고

깊은 정 잊으실까
열린 맘 닫으실까
꼬부랑 길 굽이마다
낙엽 멍석 깔아놨네

화촉 밝히는 날

그대 고운 얼굴에 행복의 미소 넘칩니다
그대 반짝이는 눈동자에 사랑의 빛 넘칩니다

한없는 기쁨 내리시네
끝없는 축복 내리시네

밤하늘에 깜박이던 어제의 작은 두 별
오늘은 영롱한 하나의 큰 별 되시었네

임을 향한 사랑 위에 또 무엇 있으리오
그리움 있어 좋겠네
기다림 있어 좋겠네

언제나 샘솟는 사랑의 마음
나날이 넘치는 기쁨의 인생 되게 하소서
그리하여 영원히
아름답고 행복한 삶 누리게 하소서!

삶을 살아갈 수 있는 것은
사랑이 있기 때문이다

권선복
도서출판 행복에너지 대표이사

성경에서는 "세상에서 가장 귀한 것은 믿음, 소망, 사랑이며 그중 제일은 사랑이다"라고 말하고 있습니다. 이처럼 우리의 삶은 사랑으로 지탱되고 있다고 봐도 과언이 아닐 정도입니다. 박무성 시인의 시 세계에서 중심을 차지하고 있는 것 역시 사랑입니다. 2023년의 여명을 여는 새로운 시집 『달빛 속에 피는 꽃』의 서문에서 시인은 "사랑은 당연히 기쁨으로 온다"는 말을 통해 이 시집의 궁극적인 주제가 '사랑'임을 천명하고 있습니다.

박무성 시인은 낙엽, 산수유, 들꽃 등 우리 주변에서 일상적으로 만날 수 있는 자연을 사랑으로 관찰하며 정제된 시의 언어로 심경을 담아냅니다. 어떠한 사물을 자세하게, 차분하게 관찰한다는 것은 사랑이 없이는 할 수 없는 일이기 때문입니다. 또 하나 주목할 대상은 사람입니다. 자연에 대한 사랑은 결국 사람에 대한 사랑으로 투영됩니다. 특히 이 세상에서 가장 위대한 사랑을 구현하는 사람, '어머니'에 대한 그리움과 사랑을 담은 '마른 눈물', '찔레꽃 연가', '빨래터에서' 등의 시는 많은 이들이 잊고 살아가곤 하는 가장 위대한 사랑의 의미를 되돌아보게 해 줍니다.

바쁜 현대사회에서 시를 읽는 일은 언뜻 신선놀음처럼 무의미하게 느껴지기도 합니다. 그러나 그 와중에도 시를 읽는 이유는 그 감성 속에 진실에 대한 깨달음이 너무나 우아하게 번뜩이고 있기 때문일 것입니다. 시집 『달빛 속에 피는 꽃』이 펼쳐 보이는 '사랑'의 가치는 묵직한 족적을 남깁니다. 잠시 우리가 잊고 있었던 가치들이 노래하고 춤추며 눈으로 다가와 마음에 흘러들어 오는 것을 느낄 수 있을 것입니다.

인생을 바꾸는 기적의 스피치
최현혜 지음 | 값 17,000원

본서는 뜻하지 않게 우연히 스피치에 입문한 작가가 스피치를 통해 어떻게 자신의 인생이 달라졌는지, 그 놀라운 기적의 과정을 생생하게 그려내는 초보를 위한 스피치 입문서이다. 일상생활 속에 스피치의 정수를 녹여내는 에세이 형식 안에서 '상대를 내 편으로 만드는 8가지 스피치 기술'과 같은 알차고 풍요로운 내용을 소개하며 독자 여러분을 스피치의 세계로 안내한다.

리스크 제로 노인장기요양사업
조보필 지음 | 값 17,000원

조보필 저자는 본서를 통해 '노인장기요양사업'의 개요와 매력, 이 사업을 시작할 때 가져야 할 기본적인 마음가짐 등 관심을 갖고 있는 경영자들에게 효과적인 가이드라인을 제시하고 있다. 특히 '전달자 사업'으로서 자유로운 경영과 이득을 기대하는 것은 불가능하지만 사회적으로 큰 가치와 품격을 가진 사업이라는 점이 이 책의 핵심이다.

친구 먹고 가세
이태선 지음, 지훈 동행 | 값 20,000원

『친구 먹고 가세』는 아버지와 아들의 6박 7일 633km 자전거 국토종주를 담은 여행기의 형식을 띠고 있다. 소통과 상호 도움으로 훌륭하게 아들과의 633km 자전거 국토종주를 성공해 낸 저자는 책 전체에 걸쳐 자신이 아들에게 반드시 들려주고 싶었던 삶의 지혜, 아버지를 일찍 여의고 직접 몸으로 부딪쳐서 일일이 깨우쳐야만 했던 인생의 팁을 이야기한다.

책 쓰기, 버킷리스트에서 작가 되기

이성일 지음 | 값 16,000원

평범한 사람을 작가로 만들어 주는 '독서 비법'을 통해 '평범한 교사'에서 '6권의 책을 쓴 작가'로 변신한 이성일 저자. 저자는 이 책을 통해 자신의 책을 쓰는 것의 중요성, 평범한 사람을 작가로 만들어 주는 독서 비법인 '초서 독서법', 실제로 책을 쓰는 과정과 출판사 계약, 출판 과정, 홍보 과정 등에 대해서 자신이 실제로 경험한 것을 기반으로 꼼꼼하고 섬세하게 들려준다.

행복한 고아의 끝나지 않은 이야기

이성남 지음 | 값 20,000원

보호아동 출신이자 20년간 교사로서 활동했고 현재는 영천교육지원청 장학사로 봉직하고 있는 이성남 저자는 이 책을 통해 고아에 대한 우리 사회의 편견에 도전장을 던지는 한편, 우리 사회의 '고아'들에게 따뜻한 조언과 응원을 던진다. 특히 우리가 잘 모르는 보호아동의 생각과 삶에서부터 그들에 대한 후원과 입양, 그리고 자립과 독립에 대한 시선까지 다양한 부분에 대해 생각할 거리를 던져 주고 있다.

간호사, 행복 더하기…

서울시간호사회 지음 | 값 18,000원

생명을 구하는 직업, 간호사들의 일상이 페이지마다 빛나며 독자들을 사로잡는다. 일견 냉철하게 보이는 간호사들도 우리와 똑같은 사람임을, 환자 앞에서 울고 웃는 이들임을 진하게 느낄 수 있는 감동적인 이야기들이 눈길을 끌고 있다. 본서에 담긴 햇살처럼 따뜻한 일화들과 간호사들의 매일매일의 다짐, 그리고 환자와 함께하며 그들이 떠올리고 느꼈던 모든 깨달음들은 독자들에게 포근한 미소를 품게 할 것이다.

'행복에너지'의 해피 대한민국 프로젝트!

〈모교 책 보내기 운동〉 〈군부대 책 보내기 운동〉

한 권의 책은 한 사람의 인생을 바꾸는 힘을 가지고 있습니다. 한 사람의 인생이 바뀌면 한 나라의 국운이 바뀝니다. 그럼에도 불구하고 많은 학교의 도서관이 가난하며 나라를 지키는 군인들은 사회와 단절되어 자기계발을 하기 어렵습니다. 저희 행복에너지에서는 베스트셀러와 각종 기관에서 우수도서로 선정된 도서를 중심으로 〈모교 책 보내기 운동〉과 〈군부대 책 보내기 운동〉을 펼치고 있습니다. 책을 제공해 주시면 수요기관에서 감사장과 함께 기부금 영수증을 받을 수 있어 좋은 일에 따르는 적절한 세액 공제의 혜택도 뒤따르게 됩니다. 대한민국의 미래, 젊은이들에게 좋은 책을 보내주십시오. 독자 여러분의 자랑스러운 모교와 군부대에 보내진 한 권의 책은 더 크게 성장할 대한민국의 발판이 될 것입니다.

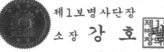

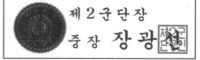